TEXTO: ISABELLA PAGLIA

¡QUÉ GRANDE ERES, PAPÁ!

ILUSTRACIONES: FRANCESCA CAVALLARO

Picarona

MI PAPÁ
SE LLAMA HUMBERTO,
TRABAJA EN UN TALLER
CERCA DE CASA
Y CADA DÍA ARREGLA
UN MONTÓN DE COCHES.

NUESTRO PAPÁ
SE LLAMA CLAUDIO,
ES VETERINARIO,
TRABAJA LEJOS
Y CADA DÍA CURA A UN
MONTÓN DE ANIMALES.

¡MI PAPÁ ES MUY

CUANDO VAMOS AL SUPERMERCADO,
MI PAPÁ ME LLEVA SOBRE SUS HOMBROS
Y CON SUS FUERTES BRAZOS
CARGA BOLSAS, PAQUETES, CAJAS
¡Y HASTA EMPUJA EL CARRITO!

CUANDO VAMOS A LA PLAYA,
NUESTRO PAPÁ NOS COGE EN BRAZOS
¡Y LLEVA ADEMÁS LA SOMBRILLA,
LAS TOALLAS, LA BOLSA CON JUEGOS
Y LA MERIENDA!

¡MI PAPÁ ES MUY

MI PAPÁ NO LE TIENE MIEDO A NADA:
ANTES DE DORMIR
ESPANTA A LOS MONSTRUOS
Y A LAS CRIATURAS MALVADAS,
LOS AHUYENTA ¡Y YA NO VUELVEN!

NUESTRO PAPÁ NO LE TIENE MIEDO A LA OSCURIDAD.
CUANDO SALIMOS DE ACAMPADA Y LLEGA LA NOCHE,
COGE LA LINTERNA Y JUEGA CON LAS SOMBRAS,
ASÍ SE NOS PASA EL CANGUELO.

¡MI PAPÁ ES MUY

LOS FINES DE SEMANA,
VEO COMO PAPÁ HACE
LAS TAREAS DOMÉSTICAS:
QUITA EL POLVO
Y FRIEGA LOS PLATOS.
¡A MI PAPÁ LE GUSTA
HACERLO!

¡MI PAPÁ SABE HACER LA COLADA!

AL PRINCIPIO LA ROPA SALÍA CON LOS COLORES DEL ARCOÍRIS, ¡PERO AHORA LO HACE IGUAL DE BIEN QUE MAMÁ, Y PLANCHA MONTAÑAS DE ROPA MÁS ALTAS QUE EL EVEREST!

¡TAMBIÉN MI SEGUNDO PAPÁ ES MUY BUENO EN CASA! PERO NO SÉ SI MI PRIMER PAPÁ HACÍA LAS TAREAS DOMÉSTICAS...

...¡NUNCA LLEGUÉ A CONOCERLO!

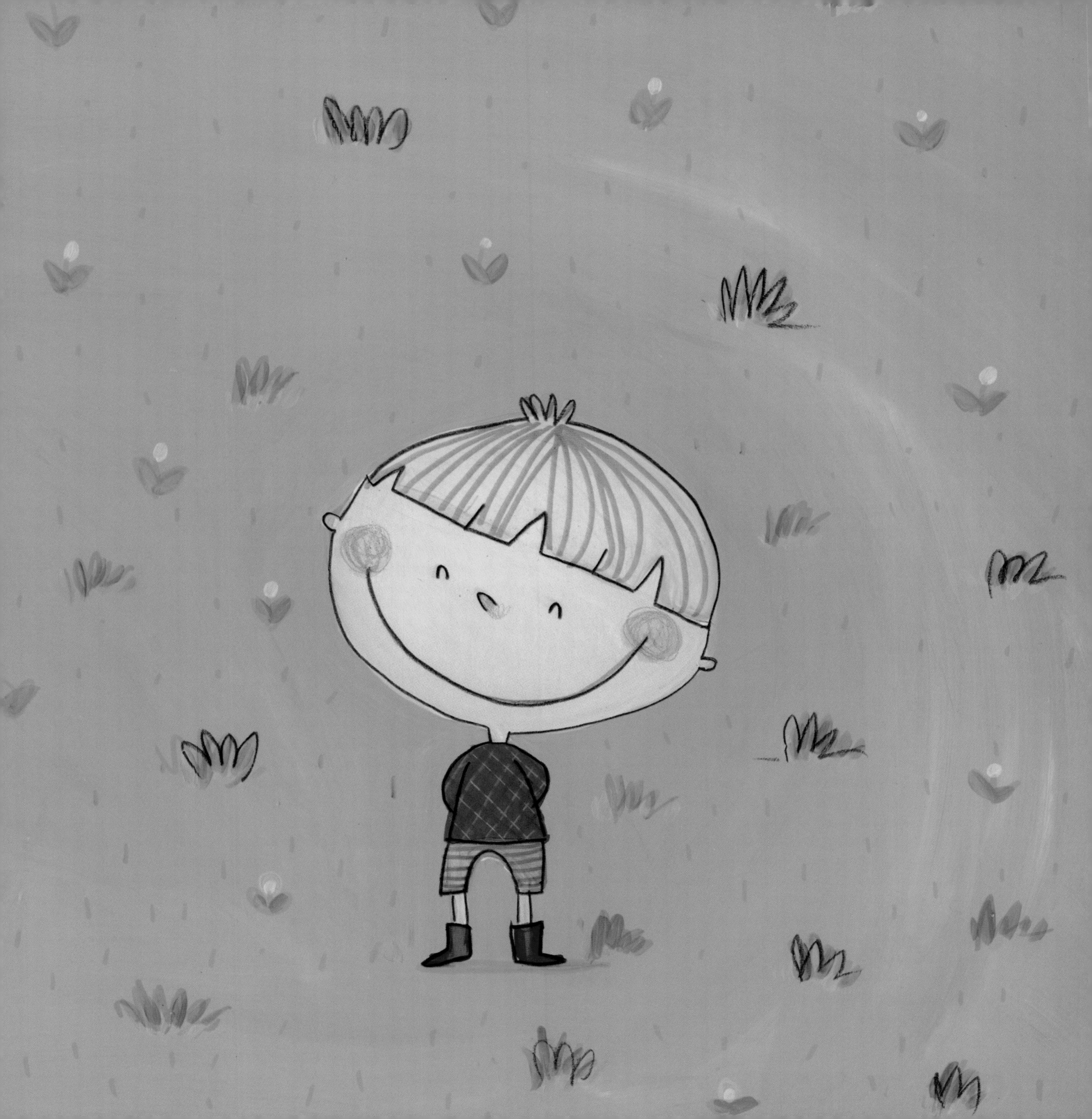

¿DOS PAPÁS?

PERO ¿CÓMO?
NOSOTROS SÓLO TENEMOS UN PAPÁ...
¿POR QUÉ TÚ TIENES DOS?
¡NO TE CREEMOS!

¡ERES UN MENTIROSO!

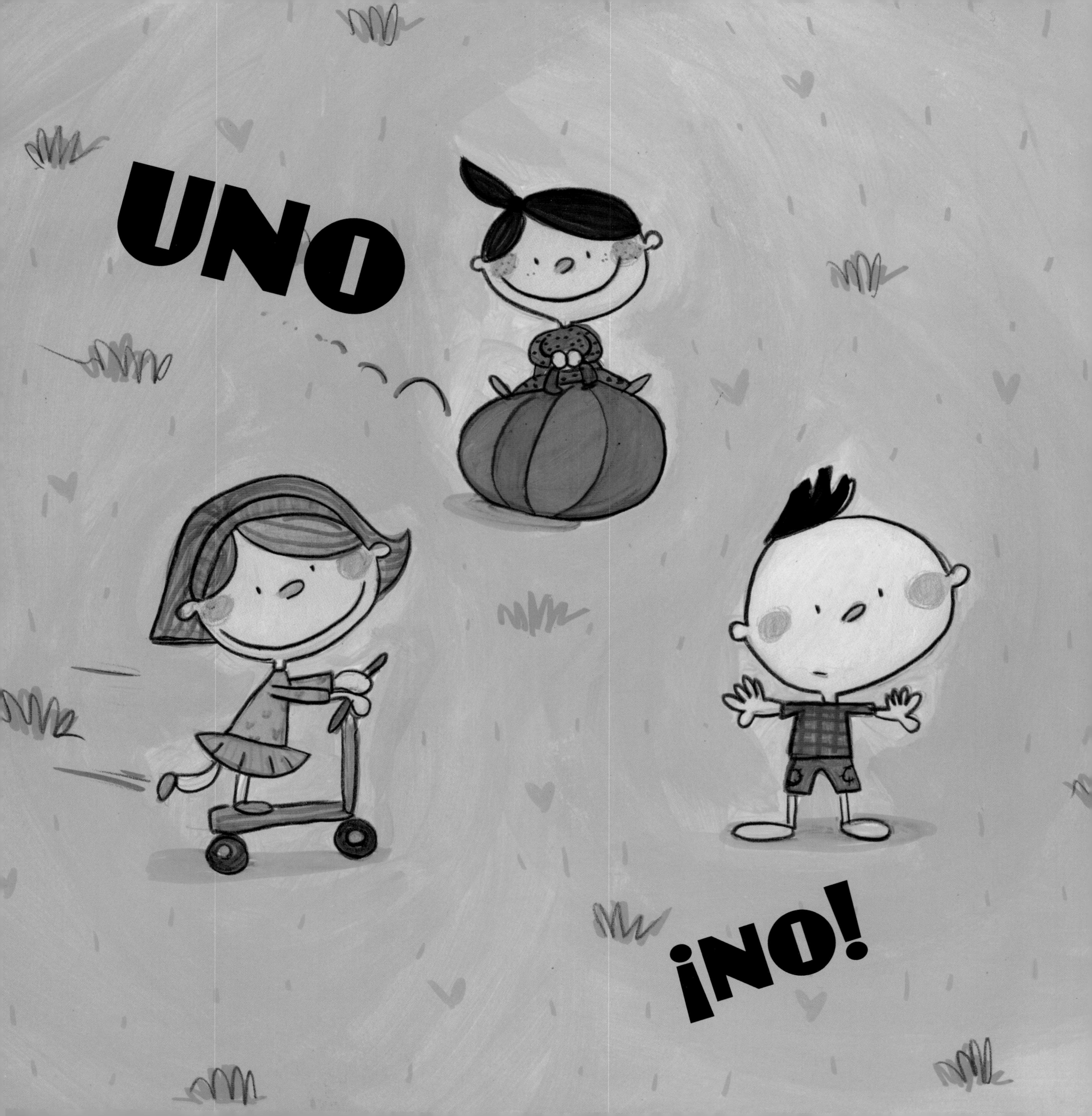
UNO
¡NO!

DOS

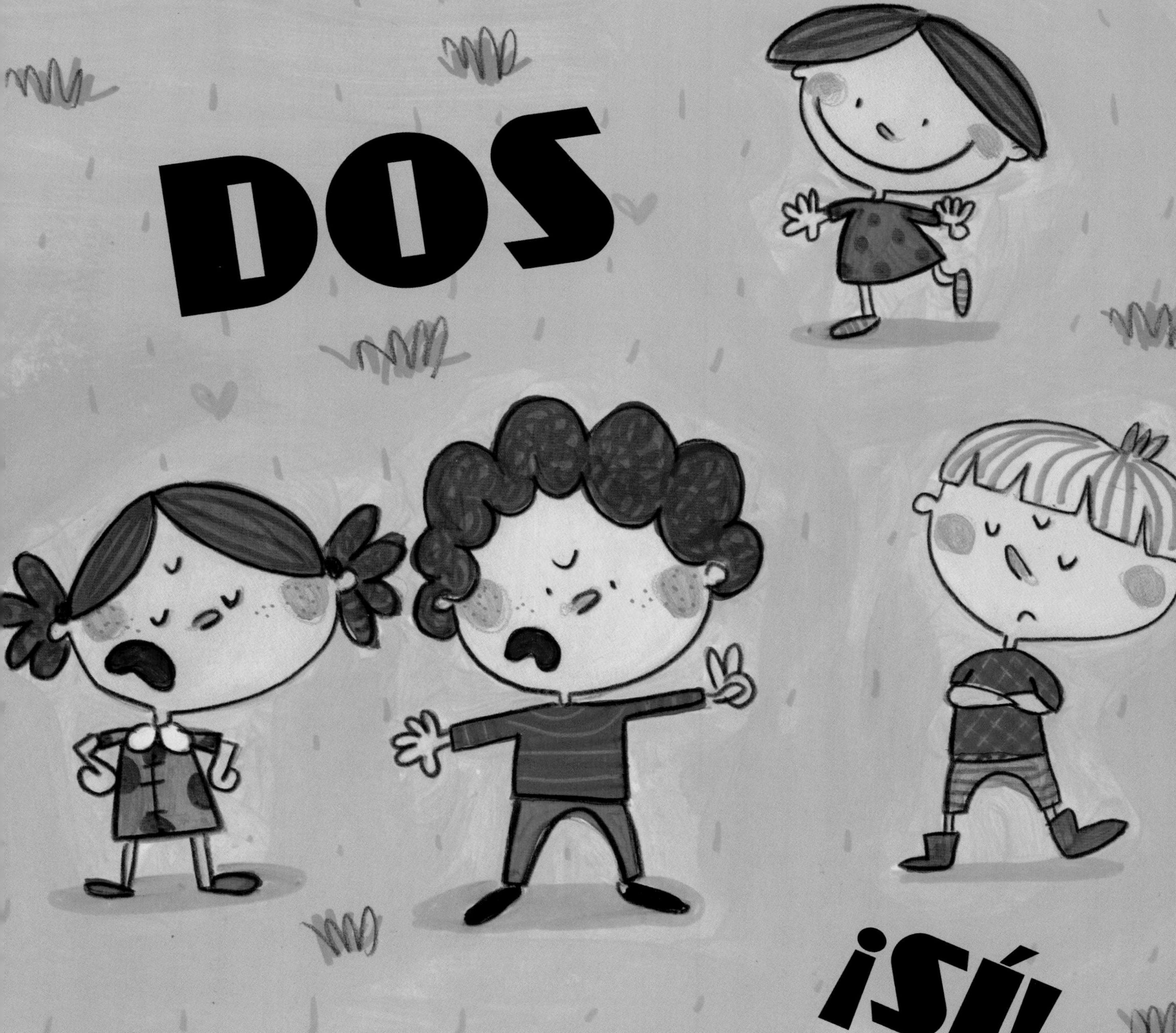

¡SÍ!

CUANDO NACÍ, MI MAMÁ ERA MUY JOVEN, Y CUANDO YO TODAVÍA ESTABA EN SU BARRIGA MI PRIMER PAPÁ SE FUE.

Y ENTONCES MI MAMÁ DECIDIÓ REGALARME UN NUEVO PAPÁ:

YO ESTABA SOLO
Y ÉL TAMBIÉN LO ESTABA.
NOS GUSTAMOS,
Y AHORA SOMOS MUY FELICES
¡Y NOS QUEREMOS MUCHÍSIMO!

YO TAMBIÉN TENGO DOS PAPÁS Y HASTA DOS CASAS,

PERO TENGO SUERTE PORQUE CONOZCO A LOS DOS Y LOS VEO TODOS LOS DÍAS.

¡NOSOTROS TAMBIÉN NOS QUEREMOS MUCHO!

¡HOLA, MARIO!

MI PAPÁ ES UN PAPÁ SINGLE...,

...QUE ES UNA PALABRA INGLESA QUE SIGNIFICA QUE ME CRIO ÉL SOLITO.

¡MI PAPÁ ES GENIAL!

¡OHH!

ASÍ QUE AL FINAL

RESULTA QUE **NO** EXISTE

SÓLO UN PAPÁ...

PERO ENTONCES,

¿CUÁNTOS PAPÁS

PUEDE HABER?

¿ QUIÉN OS EXPLICA LOS CUENTOS ANTES DE IR A LA CAMA ?

¡PAPÁ!

...MUY ALTO, MUY ALTO, HASTA EL CIELO?

¡PAPÁ!

¿QUIÉN OS ARREGLA UN JUGUETE CUANDO SE ROMPE?

¡PAPÁ!

¡PAPÁ!

ENTONCES LA RESPUESTA ES...

¡MARIO, LO HEMOS ENTENDIDO!
HAY MUCHOS TIPOS DE PAPÁS:
SOLTEROS O EMPAREJADOS,
NO TIENE IMPORTANCIA.
SÓLO HAY UNA COSA QUE ES
REALMENTE IMPORTANTE...
Y VALE PARA TODOS:

¡UN PAPÁ

SIEMPRE TE QUIERE

UN MONTÓN!

Puede consultar nuestro catálogo en www.picarona.net

¡QUÉ GRANDE ERES, PAPÁ!
Texto: *Isabella Paglia*
Ilustraciones: *Francesca Cavallaro*

1.ª edición: septiembre de 2016

Título original: *Che forza papà!*

Traducción: *Lorenzo Fasanini*
Maquetación: *Montse Martín*
Corrección: *M.ª Ángeles Olivera*

© 2013, Fatatrac
sello de Edizioni del Borgo S r l., Casalecchio di Reno, Bolonia, Italia
www.fatatrac.it
www.edizionidelborgo.it
(Reservados todos los derechos)
© 2016, Ediciones Obelisco, S. L.
www.edicionesobelisco.com
(Reservados los derechos para la lengua española)

Edita: Picarona, sello infantil de Ediciones Obelisco, S. L.
Pere IV, 78 (Edif. Pedro IV) 3.ª planta, 5.ª puerta
08005 Barcelona - España
Tel. 93 309 85 25 - Fax 93 309 85 23
E-mail: picarona@picarona.net

ISBN: 978-84-16648-81-8
Depósito Legal: B-15.115-2016

Printed in Spain

Impreso en Gráficas 94, Hermanos Molina S. L.
Polígono Industrial Can Casablancas
Garrotxa, nave 5 - 08192 Sant Quirze del Vallès (Barcelona)